Fernando y el oso polar

CARMEN GARCÍA IGLESIAS

Fernando y el oso polar

Ilustraciones de la propia autora

edebé

© Carmen García Iglesias, texto e ilustración, 2018

© Ed. Cast.: Edebé, 2018
Paseo de San Juan Bosco, 62
08017 Barcelona
www.edebe.com

Atención al cliente: 902 44 44 41
contacta@edebe.net

Directora de Publicaciones: Reina Duarte
Editora de Literatura Infantil: Elena Valencia
Diseño de colección: Book & Look

Primera edición, marzo 2018

ISBN: 978-84-683-3420-2
Depósito legal: B. 25047-2017
Impreso en España
Printed in Spain
EGS – Rosario, 2 – Barcelona

Para Laura, Javier y Fernando,
que son mi vida.

Para Arancha y Javier,
a quienes quiero tanto.

Índice

Capítulo uno

Cuando el oso polar vio a todos aquellos niños que parecían divertirse tanto al otro lado de la jaula, comprendió dos cosas: que llevaba demasiado tiempo viviendo en el zoológico y que debía salir de allí cuanto antes.

Ese día los alumnos de un colegio cercano habían ido de visita al zoo. El curso acababa de empezar y no hacía frío, así que algunos niños se habían comprado helados y polos, y los comían tranquilamente mientras observaban a los animales.

Fernando chupaba su polo de limón apoyado en la barandilla que le separaba del recinto de los osos polares.

—El oso pequeño me está mirando —dijo en voz alta.

Pero no le escuchó nadie porque, cuando quiso darse cuenta, todos habían salido corriendo a ver otras cosas. Volvió a chupar su polo de limón y, al mirar de nuevo hacia la jaula, le pareció que el oso polar avanzaba hacia él.

—El oso me sigue mirando y, además, cada vez está más cerca —insistió.

Y de nuevo habló solo, porque sus compañeros debían de estar aún más lejos y, de hecho, ya no se les veía por ninguna parte.

Pero Fernando no era capaz de apartarse de allí, aunque sabía que pronto los amigos se darían cuenta de que lo habían perdido y empezarían a preguntar por él; después, los profesores se enterarían de que había desaparecido y buscarían alrededor para ver si lo localizaban, e incluso puede ser que le llamaran por los altavoces para que fuera a la entrada donde le estarían esperando. Los imaginaba a todos mirándole mientras se acercaba y murmurando: «dónde se habrá metido», «¿por qué siempre se tiene que quedar atrás?», «habrá que advertirle para que

esto no vuelva a suceder»..., las frases de siempre. No podía haber nada peor que la sensación de todos aquellos ojos observándolo solo a él. Ese era uno de los momentos en que le gustaría volverse invisible. Invisible y mudo para no tener que dar explicaciones.

Mientras pensaba en estas cosas y su polo de limón se derretía en gotas amarillas, el oso polar se acercaba cada vez más sin quitarle los ojos de encima. Avanzaba muy lentamente, hasta que llegó al pequeño foso que lo separaba de la barandilla donde Fernando estaba apoyado, inmóvil, contemplando asombrado al animal.

Entonces, el oso polar abrió la boca y dijo:

—¡Qué rico debe de estar ese polo!

—¡Cómo! —casi gritó Fernando.

—¿No me has oído bien? —preguntó el oso.

Fernando no sabía qué pensar. Claro que lo había oído bien, estupendamente; pero, cuando nunca se ha oído la voz de un oso polar, cuesta trabajo entenderlo a la primera. Y eso sin contar con que él siempre había pensado que los osos no podían hablar..., al menos como las personas.

—¿Me dejas probar el polo? —insistió el oso.

Fernando miró alrededor para asegurarse de que otras personas también lo estaban oyendo, pero seguía estando solo. A nadie parecían interesarle los osos polares.

—No sé cómo darte el polo. Si te lo lanzo, se deshará —dijo Fernando.

—Es verdad —contestó el oso—, pero si vas por el camino de la izquierda verás un arbusto muy grande y detrás encontrarás una puertecita con barrotes. Es la que usan los cuidadores para entrar a darnos la comida. Allí te espero.

Fernando no se sentía capaz de llevarle la contraria al oso. Fue a buscar la puertecita y, efectivamente, allí estaba el animal esperándole.

—Pásame el polo, por favor, que se me hace la boca agua —dijo el oso polar mientras miraba a todas partes como vigilando por si venían sus compañeros.

A Fernando le daba mucho miedo acercar la mano a la boca del oso, pero le daba más miedo aún que se enfadara. Temblando ligeramente, le puso lo que quedaba de polo entre los dientes y el oso se lo zampó en un santiamén. Después abrió y cerró los ojos mientras se relamía de gusto. Lo hizo tantas veces que Fernando pensó qué ocurriría si en lugar de un trocito le diese un polo entero.

El oso le miró y, como si hubiera sido capaz de leerle el pensamiento, dijo:

—¿Me traes un polo de naranja?

Fernando metió la mano en el bolsillo del pantalón y empezó a contar las monedas que llevaba. De repente, se quedó parado y pensó en lo que estaba haciendo: buscar dinero para comprar un polo de naranja, que le había pedido un oso

polar que hablaba y que, justo en ese momento, alargaba el cuello para ver las monedas que Fernando tenía en la palma de la mano.

—Pues, la verdad, no sé si tendré bastante —mintió Fernando poniéndose colorado como un tomate.

—Yo creo que sí, incluso puedes comprar también uno para ti —le contestó el oso.

Era verdad y el animal le había pillado. Por lo que no le quedó más remedio que acercarse al puesto de helados y comprarlos.

Cuando se dirigía a la puertecita del oso otra vez, vio que uno de los cuidadores entraba en el recinto con un cubo en la mano y se disponía a darles la comida.

Entonces volvió atrás y se puso a mirar a los animales como cualquier visitante. Incluso pensó que a lo mejor se había quedado dormido y todo había sido un sueño, como pasa siempre en los cuentos cuando suceden cosas raras. Pero el oso polar hablador lo miró fijamente y luego le guiñó un ojo, mientras con la pata hacía un gesto que parecía querer decirle que esperase un poco.

La tarde avanzaba y cada vez quedaban menos visitantes en el zoo. Fernando estaba esperando a que el cuidador saliera del recinto de los osos, y empezaba a pensar si no sería mejor buscar a sus compañeros o esperar a que le buscaran, volver a casa y olvidarse de todo aquello. Pero no pudo concentrarse mu-

cho en sus pensamientos, porque en ese momento el hombre se fue y el oso se aproximó a Fernando.

—¡Acércate, que voy a decirte un secreto!

Fernando no podía resistir la curiosidad: ¿cómo sería un secreto contado por un oso? ¿Le diría que, en realidad, era una persona disfrazada de oso y que aquello había sido una broma de esas que luego salen en los programas de televisión de cámara oculta? Solo de pensarlo se le ponían los pelos de punta.

Tomando todas las precauciones posibles para que nadie le viera, se aproximó cuanto pudo hasta donde estaba el oso, inclinó la cabeza y esperó a que le revelara su secreto. Pero lo que oyó fue:

—¡Dame mi polo de naranja, por favor!

Fernando miró sorprendido al oso... y obedeció: le pasó el polo por los barrotes y se lo metió en la boca. Esta vez no le temblaba la mano, y eso que el animal se lo comió entero de un solo bocado dejando limpio el palito. Después cerró los ojos, se relamió un buen rato haciendo todo tipo de ruidos y, de repente, abrió los ojos, sonrió y dijo:

—Este es el secreto: le he robado las llaves al cuidador. Quiero que me saques de aquí y me lleves contigo. Necesito volver a mi casa.

A Fernando le pareció que para ser una broma era demasiado pesada. De todas formas, miró alrededor por si con-

seguía descubrir alguna cámara; pero allí no había nada más que arbustos.

«No sé si prefiero que sea una broma o que sea real», pensó Fernando, «porque llevarme un oso polar del zoo debe de estar prohibidísimo; además me puede morder, y cómo lo escondo con lo grande que es. Y si consigo salir de aquí con él, ¿por dónde se va al Polo?».

El oso polar se había quedado mirándole muy fijamente mientras levantaba y bajaba una pata con impaciencia: «¡tap, tap, tap!», sonaba.

Fernando lo miraba de reojo y se daba cuenta de que el oso esperaba una respuesta.

—Es que lo que me pides es muy difícil. Si te saco de aquí, todos se darán cuenta. Te vas a morir de calor y tampoco sé cómo se va hasta el Polo —dijo Fernando poniéndose muy colorado y bajando la cabeza.

Entonces el oso se echó en el suelo, se pasó una pata por la cara y empezó a gemir. Después se puso bocabajo y su cuerpo empezó a moverse como si llorara; se volvió otra vez y, levantando un poco la pata que tenía tapándole los ojos, le miró de refilón. Fernando no sabía muy bien si el oso lloraba de verdad o estaba fingiendo (el problema es que, como nunca había visto llorar a un oso polar, no sabía distinguirlo), pero lo cierto era que resultaba muy triste verlo girando y girando, tirado por el suelo y dando manotazos al aire. Incluso los demás osos lo

miraban y se miraban entre ellos como preguntándose qué estaba pasando.

Fernando no sabía qué hacer. El oso parecía tan desesperado que... ¿y si se lanzaba contra él?

Al fin y al cabo era un animal salvaje. ¿Qué podía hacer? ¿Se lo llevaba? ¿Se iba corriendo? ¿Pero dónde iba a ir si todos habían desaparecido?

—Por favor, por favor —suplicaba el oso de rodillas agarrado a los barrotes—, llévame al Polo. Necesito salir de aquí. Me aburro. Los otros osos me tienen manía y yo lo que quiero es solamente que me lleves al Polo. Si es muy fácil.

—¡Fácil, fácil..., cómo va a ser fácil si ni siquiera sé cómo se va a casa de mi abuela y solo se tarda media hora en autobús!

—Pero los osos polares somos muy listos y tenemos unos poderes especiales que nos permiten llegar a cualquier sitio sin pernos.

—¿Poderes especiales? —se extrañó Fernando.

Había visto documentales de aves y de salmones que sabían volver a los sitios donde habían nacido, pero nunca que los osos polares tuvieran algún poder especial.

El caso es que, con tanto movimiento y tanto gemido, los otros osos empezaron a darse cuenta de que pasaba algo raro y no dejaban de mirarlos. Se estaban acercando.

—¡Venga, decídete, por favor! Tú eres un niño muy bueno y muy listo, no querrás que este pobre oso polar se muera de pena en la jaula de este triste zoo sin volver a ver a sus hermanos ni a sus amigos, lejos de todos y olvidado.

A Fernando le parecía que el oso resultaba un poco exagerado, casi como si estuviera haciendo teatro; pero realmente él era muy bueno, sobre todo con los animales.

Agachó un poco la cabeza y, temiendo por lo que se le venía encima, dijo:

—Bueeeeeeno. Está bien.

Al oso de repente se le secaron las lágrimas, se le pasó toda la pena y, más contento que unas castañuelas, le dio a Fernando las llaves de la puertecita. Señalando la cerradura con la pata, le dijo:

—¡Estupendo! ¡Abre la puerta, que estoy deseando salir de aquí!

Y Fernando, sin pararse a pensar en lo que hacía o en si lo estaba mirando alguien, sin acordarse de sus compañeros, ni de sus profesores, ni de lo que dirían sus padres cuando se enteraran, ni en lo raro que sería ir por la calle con un oso polar, dio dos vueltas a la llave, abrió la puertecita y dejó que aquel oso terriblemente sonriente saliera por fin de su jaula para emprender una auténtica aventura.

Capítulo dos

—¡Ahhhh, qué bien se está aquí fuera! —dijo el oso polar cerrando los ojos y sonriendo.

Fernando no estaba tan contento, en realidad estaba preocupadísimo y miraba continuamente a todos los lados.

Por suerte, el recinto de los osos polares estaba en una esquina del zoo y no era zona de paso. También se estaba haciendo tarde, cada vez había menos público y estaba empezando a oscurecer. No obstante, era complicado esconder a un oso polar y Fernando no sabía cómo salir de allí.

El oso, mientras tanto, estaba feliz; casi parecía que se iba a poner a cantar y bailar de un momento a otro.

—Bueno, lo primero es salir de aquí; luego tomamos un tren o un avión y nos vamos al Polo. Cuando lleguemos, te presento a mis amigos y ya verás cómo nos divertimos con la nieve: podemos hacer muñecos, pescar peces en el hielo, viajar en iceberg, asustar a la gente... ¡Lo vamos a pasar de miedo!

—A ti te parece muy fácil —dijo Fernando, a quien los planes del oso le parecían imposibles de llevar a cabo—, pero yo no se cuál es el avión que va hasta el Polo. Además, seguro que hay que tomar muchos trenes, incluso barcos, porque el Polo está lejísimos.

El oso polar se quedó mirando a Fernando, asombrado. Por primera vez estaba realmente serio y, acercando su cabezota al cuerpecillo del niño, le dijo:

—Me aburro, me aburro mucho en el zoo. Mis compañeros están muy contentos porque la gente los mira y algunos les dicen que son muy bonitos y muy fieros, y ellos ponen cara de ser bonitos y fieros y se quedan tan contentos. Les encanta no tener que buscarse la comida, saber que nadie los va a cazar ni va a hacerles daño, no tener que recorrer kilómetros de un lado a otro, incluso saben que no pasarán demasiado frío..., pero a mí todo eso me aburre. Quiero ver otra vez a mis amigos de antes, buscarme la comida, oír voces nuevas, pisar

la nieve, revolcarme por el suelo y rugir muy fuerte al viento para ver cómo suena. Quiero ser oso y solo tú me puedes ayudar, porque eres la única persona que puede entenderlo.

Después de este discurso quedó en el aire un olor desconocido (el aliento del oso olía así) y una pregunta (¿qué hacemos?). Fernando no tenía una respuesta, no sabía qué hacer; pero lo que sí sabía es que, por fin, era algo más que un niño delgaducho. Él era importante para el oso, la única persona en el mundo que lo podía ayudar, y eso le hacía sentirse muy mayor. Estaba empezando a imaginarse casi como un héroe, cuando oyó que le llamaban: «Fernando García, Fernando García, te esperan en la entrada».

Aquel nombre era el suyo y sonaba por todo el zoológico. Le estaban llamando por megafonía. Claro, sus compañeros y los profesores se habían dado cuenta de que faltaba y le estaban buscando.

En ese momento sintió terror. Ahora sí que la había hecho buena. El oso le miraba y seguía esperando una respuesta.

—Ese al que llaman por megafonía soy yo —dijo al oso señalando un altavoz.

—Así que te llamas Fernando, ¿eh? Muy bonito. Está bien: Fer-nan-do, Fer-nan-do —decía el oso, que repentinamente había recuperado el buen humor—. Pues venga, vamos a la entrada y así me presentas a tus compañeros.

—Pero estás loco. Si te ven, empezarán a gritar, llamarán a los guardias del

zoo, te atraparán de nuevo e incluso te pueden disparar un dardo paralizante y volverán a meterte en la jaula para siempre —le advirtió Fernando.

—¡Pues vaya! No me apetece nada conocer a tus compañeros, son muy raros, menos mal que te escogí a ti. Pero entonces, ¿cómo salimos de aquí?

—Eso es lo que llevo pensando todo el tiempo.

Los altavoces volvieron a sonar llamando a Fernando.

—¡Vamos, vamos! —dijo el oso—. Vámonos de aquí, no sea que alguien venga a buscarte.

Empezaron a andar medio escondidos entre los arbustos y dando un rodeo por detrás de las jaulas para evitar que

alguien los viera. Llegaron a la tienda del zoo, que ya estaba muy cerca de la entrada.

A Fernando le gustaba mucho aquel lugar porque tenía los juguetes más bonitos que se puedan imaginar: insectos de plástico, pececitos de madera, serpientes de todos los tamaños (incluso alguna estaba tan bien hecha que daba miedo); había llaveros con bichos encerrados en una especie de gota transparente, dinosaurios de muchas clases, pingüinos de peluche, osos... Osos de peluche de todos los tamaños, desde unos muy pequeños hasta osos gigantescos que parecían reales.

Y entonces Fernando se empezó a reír. Había encontrado la forma de volver al autocar con sus compañeros y sacar al oso del zoo.

—Mira muy bien —le dijo—. ¿Ves ese muñeco enorme que se parece a ti? Pues tú tienes que ponerte en la misma postura, en la postura de los osos de peluche, sentado, con el cuerpo estirado y los brazos hacia delante.

—¿Es un juego? —preguntó el oso.

—Bueno, algo así. Voy a decir a todo el mundo que eres un oso de peluche que me he comprado con los ahorros de toda mi vida, y así te subirán al autocar. Podremos salir de aquí y llegaremos a mi casa sin que se enteren de que te has escapado. ¿No te parece una idea estupenda?

El oso no entendía muy bien el plan, pero cuando oyó que así saldría de allí le

pareció que Fernando era el chico más listo con el que había hablado nunca y, entusiasmado, le dio un topetazo que casi le hace caer.

—¡Ey! Mira, mira, soy un oso de peluche —decía muerto de risa mientras copiaba la postura del muñeco que había en la tienda y que se veía a través de los ventanales.

—Ahora tienes que estarte muy quieto, ni siquiera pestañees. Yo te empujaré y así llegaremos hasta aquel grupo, que es el de mi clase —susurró el niño.

—¿Pero puedo hablar?

—¡Ni se te ocurra! Si hablas, te mueves o haces algo que les haga sospechar que eres un oso de verdad, estamos perdidos. ¿Estás preparado?

El oso no contestó, solo abrió más los ojos y le miró fijamente.

—¿Que si estás preparado? —dijo Fernando, que estaba comenzando a ponerse muy nervioso.

—¿Entonces en qué quedamos, hablo o no hablo? —preguntó el oso.

—Conmigo sí, pero cuando estemos solos. Cuando haya alguien, tienes que estar inmóvil y mudo. ¿Lo has entendido ahora?

—Que sí, pesado, ¿te crees que soy tonto? Venga, empújame y ya verás qué bien hago de oso de peluche.

Fernando empujó y empujó, pero no tenía fuerza para moverlo. Cuando estaba a punto de darse por vencido, vio los carritos que usan los padres para pasear

a los niños por el zoo. Son muy cómodos porque el niño se sienta y el padre arrastra el carrito tirando de un mango muy largo.

—¡Súbete a ese carrito!

El oso miró a Fernando muy poco convencido, pero el niño seguía señalando el carrito con el dedo y ponía un gesto tan firme que el oso, sin decir una palabra, se montó encima.

La verdad es que le quedaba un poco ajustado, pero Fernando agarró el mango con todas sus fuerzas y empezó a andar.

En la puerta de entrada, el grupo de compañeros y profesores se movía inquieto y miraba hacia todas partes señalando a uno y otro lado.

«¡La que me espera!», pensaba Fernando». «No sé cómo voy a salir de esta , y encima todo el mundo me está mirando».

Efectivamente, todos le observaban: los profesores, los amigos, algunas personas que pasaban por allí, unos patos que se habían quedado parados, un avestruz que giraba la cabeza con una enorme sonrisa en su cara... En fin, todo el mundo miraba cómo un niño delgado, moreno y cabizbajo se aproximaba a ellos tirando de un carrito en el que llevaba un gran oso polar de peluche.

Debieron de quedarse tan sorprendidos por la visión y con las bocas tan abiertas que, cuando quisieron darse cuenta, Fernando ya había pasado por su lado, había dicho algo de unos ahorros y que siempre había deseado tener un oso gigante de peluche, y había llegado hasta donde se encontraba el autocar que debía llevarlos a casa.

El conductor, que estaba allí mismo, le dijo:

—¡Pero, chico, qué llevas ahí!

—Un oso de peluche.

—¿Y no había uno más grande? —preguntó el conductor riéndose y abriendo las puertas de equipaje de los lados del autocar—. ¡Anda, mételo ahí que arriba estorba!

Fernando aprovechó que el hombre estaba despistado riéndose y le dijo al oso:

—Ahora métete ahí, no hagas ruido y, cuando vuelva a sacarte, no olvides ponerte en la misma postura y estar callado.

El oso le miró con cara de pocos amigos. No era así como imaginaba el comienzo de su aventura y estaba a punto de protestar cuando Fernando lo empujó dentro del autocar y rápidamente cerró la puerta de los equipajes.

En ese momento los profesores y los otros niños llegaron a su altura, y la profesora de Naturales le preguntó:

—Fernando, ¿se puede saber dónde te has metido, por qué te has separado del grupo y con qué dinero te has comprado ese oso?

Fernando estaba harto de la situación. Tampoco a él le gustaba cómo empezaba la aventura, pero más le valía contestar a las preguntas y ver si de esta forma le dejaban en paz y se olvidaba todo el mundo de él.

—Me quedé atrás mirando a los osos polares, yo no me he separado del grupo, el grupo se fue y se separó de mí, y me he comprado ese oso porque he juntado los ahorros de toda mi vida para conseguirlo.

Todo esto lo dijo muy seguido y muy serio. Resultó tan convincente que nadie dijo una palabra más. Fernando tampoco permitió que otros le preguntaran, porque inmediatamente se escabulló entre los compañeros que empezaban a subir al autocar, se sentó al final y se puso a mirar por la ventanilla para que nadie le hablara. De nuevo le hubiera encantado ser invisible, pero como no podía, se conformó con hacer todo lo posible para pasar desapercibido. Y lo consiguió. Ningún

otro niño se sentó a su lado, los profesores se pusieron a hablar de sus cosas, el
autocar arrancó y Fernando suspiró:

—¡Por fin!

Capítulo tres

Los padres de Fernando estaban esperándole en la parada frente a su casa.

—Un momentito, mamá, que tengo que ir a buscar una cosa al maletero —dijo Fernando desde lo alto de la escalerilla.

Sin darles tiempo a reaccionar, fue al lateral del autobús que uno de los profesores había abierto y miró amenazante al pobre oso polar, que tenía una expresión absolutamente desolada.

—Tienes que estarte quieto un poco más, hasta que lleguemos a mi habitación, y entonces te prometo que conseguiré comida, agua y todo lo que quieras.

Mientras Fernando intentaba distraer a los mayores, el oso se fue acercando al borde del maletero hasta que salió fuera del autocar. Más o menos recuperó su aspecto de oso de peluche sentado sobre el carrito y se quedó quietecito, a pesar de que los padres de Fernando pusieron el grito en el cielo nada más verlo.

—¿De dónde has sacado esto? ¿No pensarás meterlo en casa, verdad? —decía su madre.

El padre había abierto la boca, pero no hablaba; también tenía los ojos muy abiertos, pero no pestañeaba.

Fernando hizo como que no oía a su madre ni veía a su padre. Agarró el mango del carrito y avanzó hasta el portal. Entró lo más rápidamente que pudo, lla-

mó al ascensor y se metió dentro con el oso justo cuando su madre, que no había parado de hacer preguntas, llegaba al portal.

—... nando, que te estoy hablando, que no quiero ver «eso» en la casa. Si entra tu oso, salimos todos, ¿no ves que no cabemos...?

Pero Fernando le había quitado las llaves de la mano, había balbuceado algo así como «luego te lo explico»..., y para cuando sus padres quisieron darse cuenta él ya estaba abriendo la puerta de su casa y empujando al oso para que entrara.

—Bueno, ya hemos llegado. Ahora te llevo a mi habitación y puedes estar tranquilo.

El oso avanzó por el pasillo hasta la habitación de Fernando y se tumbó en el suelo, ocupando todo el espacio libre.

—¡Qué difícil ha sido! Espero que llegar al Polo sea más fácil; porque, entre el calor que he pasado y los gritos de tu madre, casi me dan ganas de volverme al zoo.

—¡Y ahora me vienes con esas, espero que no te estés arrepintiendo! —dijo Fernando algo enfadado saliendo de su habitación para ir a hablar con sus padres, que acababan de entrar en la casa.

En realidad, el único que habló fue él, porque lo que dijo fue tan sorprendente que los padres se quedaron mudos de asombro.

—Me voy a dar un baño —anunció—, que estoy muy sucio. Y, además, quiero cenar carne, mucha carne, y esta vez la quiero poco hecha porque estoy hambriento.

A la madre se le iluminaron los ojos de ilusión: ¡Fernando quería bañarse y comer carne sin tener que freírla tanto que pareciese la suela de un zapato!

Eso era como un milagro. Siempre había que negociar para que el niño se bañara: nunca era un buen momento para hacerlo, o no estaba suficientemente sucio o cualquier otra disculpa. Y en cuanto a la comida, era una batalla que venía de lejos: ella se empeñaba siempre en que debía comer bien y Fernando se negaba a comer, así desde que era muy pequeño.

Lo bueno era que todo el mundo parecía haberse olvidado del oso, al menos de momento. De hecho, el padre cerró la boca y sonrió.

Fernando entró en el baño que estaba junto a su habitación, puso el tapón de la bañera y empezó a llenarla de agua fría. Después fue a la habitación y dijo:

—¡Ven, corre, pasa al baño con mucho cuidado!

El oso avanzó unos pasos y entró en el baño, después pasó el niño y ya no cabía ni un alfiler.

—Ten cuidado, no rompas nada. Estoy preparándote un baño que te va a encantar.

El oso no se lo pensó dos veces y entró de golpe en la bañera, consiguiendo

que la mitad del agua saliera fuera y em-
papara el suelo.

Fernando no sabía cómo recoger tanta agua y temía que saliera por debajo de
la puerta, por lo que empezó a tirar toallas al suelo. El oso, ajeno a lo que había
hecho, sonreía feliz a pesar de que estaba medio atascado en la bañera.

—¡Pero qué tonto eres, mira la que
has armado! ¡Ahora qué hago yo con
todas estas toallas! ¡Tonto, más que
tonto!

Al oso polar nadie lo había llamado
tonto en toda su vida. Le pareció tan
sorprendente que no sabía si debía en-
fadarse o si solo era una broma. Decidió que tenía que ser una broma de su
amigo y empezó a reírse. Al principio

decía: «¡Soy tonto, soy tonto, qué risa!»
Pero cada vez iba subiendo más el tono
y las risas, hasta que Fernando le tapó
la boca con las dos manos y le dijo muy
angustiado:

—¡Cállate, no ves que nos van a pillar!
Ser tonto no es gracioso, no tienes que
reírte por eso.

El oso lo miró incrédulo y se calló; pero, en cuanto Fernando le quitó las manos de la boca, dijo:

—Ya me callo. Es que tú no sabes lo
bien que me lo estoy pasando en este sitio. Estoy muy contento de que me hayas
sacado del zoo, de que vayamos a viajar
juntos hasta el Polo, de jugar con esta
agua tan fría..., y además dices cosas tan
graciosas como que soy tonto y todo eso.

Fernando miró al oso: chorreaba agua, tenía espuma en las orejas y una cara de oso feliz que resultaba contagiosa. Al final, acabó riéndose también él hasta que sonaron unos golpes en la puerta.

—Hijo, ¿qué te pasa? ¿Por qué te ríes tanto? ¿Qué te hace tanta gracia? ¿Te falta mucho? —decía la madre, a quien una sola pregunta debía de parecerle muy poco y siempre hacía varias a la vez.

Fernando se calló de golpe y le tapó la boca al oso.

—Nada, mamá, es... la espuma, que me hace cosquillas. Ya me falta poco, voy a secarme.

Y los pasos de la madre se alejaron hacia la cocina.

—¡Uf, menos mal, casi nos pilla!

—Uf, sí, menos mal. ¿Qué vamos a cenar? —preguntó el oso.

—Filetes.

—¿Qué comida es un filete? ¿Es un animal? —dijo el oso mientras intentaba salir de la bañera.

—No es un animal, es carne.

—¡Humm, se me hace la boca agua! —se relamía el oso mientras empezaba a sacudir su pelaje y llenaba todas las paredes, el espejo y la puerta de gotas de agua.

—¡Y deja ya de salpicar, que no sé cómo voy a secar todo esto! —protestó Fernando, que estaba empezando a desesperarse de nuevo.

—¡Cómo te pones! —dijo el oso muy ofendido, mientras se secaba con el albornoz que colgaba detrás de la puerta.

Fernando no contestó. Intentó secar todo lo que pudo, dejó cinco toallas grandes empapadas en una esquina del cuarto de baño, se puso el pijama y, abriendo cuidadosamente las puertas, primero la del baño y luego la de su habitación, le dijo al oso:

—Quédate un rato aquí calladito y sin hacer ruido. Intentaré traerte carne y todo lo que encuentre, pero sobre todo no hagas nada de ruido, ¿vale?

—Vale, voy a mirar por la ventana y no voy a decir ni una sola palabra.

Entonces el oso, que aún estaba bastante mojado, se acercó muy sonriente a Fernando y le abrazó. Un auténtico abrazo de oso que pilló tan desprevenido a Fernando que no reaccionó hasta que

empezó a sentir cómo su pijama se mojaba al contacto con el pelo del oso.

—¿Qué te pasa, no me quieres? —preguntó el oso, asombrado por la inmovilidad del niño.

—Sí, sí, claro, es que no me esperaba..., en fin, me has mojado entero, pero bueno, claro..., somos amigos —balbuceaba Fernando—. Ahora más vale que vaya a cenar antes de que vengan a buscarme. Y, tú, recuerda: sin hacer ruido.

Se puso un pijama seco, avanzó por el pasillo y entró en el comedor.

Capítulo cuatro

Durante la cena Fernando intentó pasar desapercibido. Era una tarea difícil, porque no tenía hermanos y sus padres estaban decididos a hacerle un interrogatorio completo sobre lo que había hecho en el zoo.

Estaban tan ilusionados con que hubiera pedido tanta comida para cenar que no le quitaban la vista de encima y, cuando no le preguntaban sobre los animales, le animaban a que comiera más y más.

Fernando temía que llegara el momento de hablar de su enorme oso, por

eso intentaba desviar la atención de su madre, que era la que más preguntaba.

—¿Y con qué dinero te has comprado ese muñeco gigantesco? —dijo la madre.

Fernando estaba haciendo tal esfuerzo para comer carne y a la vez ir guardando parte para la cena del oso, intentar hablar lo menos posible y disimular, que, cuando oyó la pregunta, le pilló totalmente desprevenido.

—¡Ehhhh! —fue todo lo que contestó.

—Que con qué dinero has comprado ese horrible oso que has traído.

—Buff, eh, bueno... yo..., esto..., el oso...

Y, cuando más apurado estaba, llamaron al timbre.

—¿Quién será a estas horas? —se preguntó el padre.

—No sé, como no sean los vecinos...

—Debería abrir alguien, ¿no crees?

Fernando aprovechó el momento para levantarse rápidamente de la mesa y lanzarse a abrir la puerta balbuceando un «ya abro yo», que se perdió en el aire.

Efectivamente, eran los vecinos.

Los padres de Fernando fueron a recibirlos. Empezaron a hablar todos a la vez, y el niño aprovechó el barullo para conseguir más carne y desaparecer corriendo hacia su habitación.

El oso estaba tumbado en la cama. Canturreaba muy bajito una canción muy rara que debía de ser una canción de osos. Cuando la puerta se abrió, se asustó tanto que saltó y casi se cae al suelo.

—¡Qué susto me has dado!

—¡No te he dicho que estuvieras callado y muy quieto!

—¡Si estaba CASI callado, pero es que me aburría y, por eso, estaba cantando mi canción favorita de osos!

Así es como Fernando oyó hablar por primera vez de la existencia de canciones de osos. Estuvo a punto de pedirle que volviera a cantarla, pero se dio cuenta del peligro y prefirió ofrecerle la carne.

—Mira esto, aunque no lo parezca, es carne —dijo sacándose de los bolsillos algunos filetes que le habían engrasado medio pijama.

El oso los miró y empezó a reírse. Como seguía tumbado en la cama, giraba a un lado y a otro sujetándose la tripa y

hasta se le saltaban las lágrimas de las carcajadas. Su risa era tan alegre y tan contagiosa que Fernando empezó a reírse también. Y enseguida montaron tal alboroto que, si no hubiera sido porque los padres y los vecinos hablaban y hablaban todos a la vez y casi a gritos, los habrían descubierto.

—¿Quieres decir que eso es carne? ¿Con esa forma? —preguntó el oso.

—¡Calla, calla, que nos van a oír! —respondió Fernando, confundido—. Yo creía que te gustaba la carne, y esto es todo lo que he podido conseguir. Cómetela y mañana ya buscaré otra cosa.

El oso tenía tanta hambre que se zampó los filetes casi de un bocado.

—¿Y eso es todo?

Fernando no sabía qué contestar. La verdad es que aquello era tan escaso en comparación con el tamaño del oso que daba vergüenza.

—Si quieres, miro en el frigorífico a ver si se me ocurre algo que puedas comer. Espera un poco y, sobre todo, no hagas ruido.

Los vecinos seguían hablando con los padres y el camino hacia la cocina estaba libre. Fernando pasó como una exhalación, miró dentro del frigorífico y sonrió.

Cuando volvió con el oso, seguía sonriendo.

—¡Fíjate en lo que he conseguido! Mi madre ha debido de comprar carne para muchos días, así que te he traído un plato variado.

—¡Eres... un amigo! No, un amigo no, ¡MI MEJOR AMIGO! —dijo el oso entusiasmado mientras abrazaba al niño, que ponía una cara entre asustada y feliz.

Los abrazos del oso eran unos abrazos curiosamente cálidos, llenos de pelos, un poco asfixiantes, venían desde arriba, porque el oso se ponía de pie, y resultaban envolventes. Además, olían como a hielo y transmitían mucho cariño.

El oso se comió toda la carne sin dejar ni un trocito. Parecía tan feliz que daban ganas de darle más comida, aunque solo fuera para verlo disfrutar tanto. Eso sí, el olor de la carne cruda se había extendido por toda la habitación y Fernando decidió abrir la ventana de par en par, con intención de ventilar agitando una camiseta para sacar aquel olor de allí.

—Como mis padres entren aquí se van a dar cuenta de que está pasando algo raro. Iré a darles las buenas noches, les diré que estoy muy cansado y que quiero dormir.

Fernando se asomó al salón, dio las buenas noches a sus padres, balbuceó algo como «qué sueño tengo», y desapareció.

Al llegar a su habitación encontró de nuevo al oso tumbado en la cama.

—Bueno, creo que deberíamos dormir un poco y mañana hacemos planes, ¿no te parece? —dijo el oso.

—Me parece muy bien —respondió Fernando con cara de pocos amigos—,

pero el que duerme en la cama soy yo; tú duermes en el suelo.

—¡Pero si yo nunca he dormido en una cama y tú duermes todas las noches! Lo justo es que hoy me dejes probar cómo es dormir con almohada en un lugar tan blandito. Si quieres, te dejo un sitio y dormimos juntos.

—Tú te vas al suelo, y yo me quedo en la cama, que para eso yo soy una persona y tú, un animal.

El oso le miró con una cara de enorme tristeza, se incorporó, se sentó en el borde de la cama, y dijo:

—Yo creía que nosotros éramos los mejores amigos. Cuando vivía en el zoo, había otros osos y sabíamos las mismas canciones; pero no eran mis amigos. A ellos les gustaba oír a la gente hablar de osos polares. A mí no me gustaba que me miraran; a ellos eso les hacía sentir importantes, a mí me daba tristeza. Hacía mucho tiempo que no me reía con ellos ni sentía ganas de abrazarlos, al contrario de lo que me pasa contigo. Por eso tú eres mi amigo. No eres una persona y yo, un animal. Somos dos amigos que se divierten juntos.

Fernando no sabía qué cara poner ni qué decir. Se sentó en la cama junto al oso, le pasó el brazo por encima y le dijo:

—Tienes razón. Eres mi amigo y te dejo la cama para que sepas cómo se duerme en ella. ¡Venga, échate!

—Vale, pero te hago un hueco.

La verdad es que el oso ocupaba mucho espacio, pero Fernando se tumbó a su lado, cerró los ojos y enseguida se quedó dormido.

Cuando su madre abrió la puerta de la habitación vio al niño al borde de la cama, profundamente dormido y agarrado al pelo de ese enorme oso que se había comprado en el zoo.

En la habitación olía raro, como a carne cruda.

Capítulo cinco

Es muy difícil esconder un oso polar en un piso pequeño. También en un piso grande, pero debe de ser un poco menos complicado. Lo cierto es que Fernando vivía en un piso pequeño y el oso debía permanecer en silencio, moverse lo menos posible, aguantar el calor de la casa y pasar hambre, con una alimentación escasa y no muy apropiada para un oso.

Por eso el niño comprendió enseguida que tener un oso no era lo mismo que cuidar de un hámster o de un perro. Continuamente debía pedirle silencio y el animal apenas podía andar por la casa sin tirar macetas o jarrones: hay que reconocer que el oso era un poco torpe cuando pasaba junto a los muebles del comedor para llegar a la cocina, donde se colocaba frente al frigorífico con la puerta abierta para refrescarse un poco.

Lo más difícil era conseguir la comida. Aunque Fernando pedía carne para comer y para cenar, no siempre se la daban. Y al cabo de unos días, la inicial alegría de sus padres cuando creían que tenía tanto apetito había empezado a convertirse en desconfianza y una cierta irritación que resultaban peligrosas para los planes de Fernando.

El oso apenas protestaba, a pesar de que no parecía tan contento como al

principio. Fernando recogía su habitación todas las mañanas para que nadie tuviera que entrar en ella mientras estaba en el colegio, y el oso se quedaba encerrado en el cuarto, silencioso, y moviéndose lo menos posible para no hacer ruido.

—¡Qué aburrido! —decía muy bajito mirando por la ventana.

Solo cuando el oso veía a lo lejos el autobús que traía a Fernando se le alegraban los ojillos y olvidaba su aburrimiento.

—¡Ya he llegado! —gritaba el niño en cuanto entraba por la puerta.

Si no contestaba nadie, iba corriendo a la habitación, abrazaba al oso y le apremiaba:

—¡Corre, corre, vete a la cocina a refrescarte, que yo vigilo!

El oso salía de su encierro balanceando su corpachón y poniendo en peligro todos los objetos que encontraba a su paso; iba a la cocina y, al ponerse frente al frigorífico, emitía un sonido parecido a un ronroneo que demostraba lo a gusto que se sentía cuando el frío le acariciaba la cara.

Después volvía a la habitación y hacían planes para el Gran Viaje que los llevaría hasta el Polo. En el atlas se veía que debían atravesar casi todo el mapa para llegar a su destino, pero Fernando no podía calcular cuánta distancia había hasta aquella mancha, que siempre aparecía pintada de blanco en todos los mapas.

Fernando pensó que debía buscar más atlas y libros sobre los Polos, los osos polares, viajes... ¡Agencias de viajes! Seguro que en una agencia podrían informarle de cómo llegar. Juntaría los ahorros de toda su vida, le pediría un préstamo a su abuela y vendería sus cómics a los amigos de clase. Solo de pensarlo le daban ganas de llorar. ¡Le

había costado tanto esfuerzo reunir todo aquello y ahora debía renunciar para ayudar a un oso raro!

Suspiró.

El oso, que estaba ensimismado mirando el atlas sin comprender nada de nada, aunque hacía ver que llevaba años contemplando mapas, lo miró y, como si fuera capaz de adivinar lo que pensaba su amigo, le dijo :

—¿Tú sabes lo que significan estos dibujos y dónde está mi casa?

—Son mapas —contestó Fernando.

—Ah, claro, son mapas. ¿Qué son mapas? —preguntó el oso.

—Los mapas son como dibujos de los países y de los continentes de toda la Tierra.

—Claro, claro. ¿Y cuál es el dibujo del país donde viven mis amigos que son como yo?

—No es un país, y la verdad es que nunca sé si los osos polares viven en el Polo Norte o en el Polo Sur —respondió Fernando mientras los señalaba en un mapamundi.

El oso miró muy contento el mapa.

—Yo tampoco lo sé. Si se pudiera ver algo más, como un iceberg o algún amigo, o algo que me sonara, podría saber si ese es mi país o lo que sea. Pero, en realidad, no importa; si nos equivocamos, como están tan cerca, pasamos al otro sitio y ya está —concluyó feliz mientras pasaba su pata de un extremo a otro del mapa.

Fernando se quedó mirándolo muy serio mientras negaba con la cabeza.

—No es fácil, ni tampoco están tan
cerca —dijo con un tono irritado—. Aho-

ra no sé cómo se le explica a un oso la forma de entender los mapas. Eso sí, créeme cuando te digo que están lejísimos, superlejos, lo más lejos que te puedas imaginar y, además, yo no tengo ni la más mínima idea de cómo se llega hasta allí.

—¡Buff! Lo menos como venir desde el zoo hasta tu casa.

—Sí —asintió Fernando, rendido—, y como si hiciéramos ese viaje muchas,

muchísimas veces, tantas que no tenemos dedos para contarlos.

El oso se cayó sentado. Abrió la boca
como para decir algo, aunque, en lugar
de eso, comenzó a llorar.

Al principio Fernando lo miró con desconfianza, pero después se dio cuenta
de que el oso lloraba de verdad.

—¿Qué te pasa, oso tonto? ¿Por qué
lloras? —le dijo pasándole la mano por
encima de la cabeza.

Pero el oso no paraba de llorar, los pelos
de la cara se le empezaron a pegar en la
cara y cada vez lloraba con más fuerza.

Fernando no sabía qué hacer ni cómo
consolarlo. Le pasaba la mano por la cabeza, y no reaccionaba. Esta vez el oso
estaba desesperado de verdad.

Con voz entrecortada por los sollozos, preguntó:

—¿Eso quiere decir que nunca iremos con mis amigos, que no volveré a verlos y tendré que quedarme en esta casa, con este calor y comiendo cosas raras?

Fernando no sabía qué contestar. En realidad, no sabía nada. La situación era demasiado complicada para un niño como él. Todo el tiempo pensaba que no debería haberse metido nunca en semejante lío y que el oso estaría mejor en el zoo con los otros osos y la comida asegurada que metido en una casa como la suya. ¿Y si lo descubrían sus padres? ¿Y si se ponía malo de hambre porque ya no había nada para comer?

A Fernando le empezaron a temblar los labios, se le empañaron los ojos y también se puso a llorar.

Durante un buen rato los dos amigos, sentados en el suelo, lloraron desconsoladamente y derramaron tantas lágrimas que hicieron un pequeño charco en el suelo.

Cuando se recuperaron, Fernando fue en silencio a la cocina, tomó la fregona y se dirigió a su habitación.

Justo en ese momento, ¡no podía ser en otro momento!, la madre de Fernando abrió la puerta de la calle y le vio con el cubo y la fregona.

—¿Dónde vas con eso...? —preguntó extrañada, como si en lugar de una fregona transportara un cohete.

Fernando se detuvo. Abrió la boca, aunque no le dio tiempo ni siquiera a balbucear. Tampoco pudo salir corriendo porque su madre dejó las bolsas que traía en el suelo, se acercó a él, le quitó el cubo y la fregona y se dirigió a la habitación del niño.

El oso, desde el suelo donde seguía sentado intentando secarse los pelos de la cara, volvió la cabeza, miró hacia la puerta y la vio. Y la madre de Fernando también lo vio a él.

Ambos se miraron, gritaron al unísono y la madre de Fernando, sin dejar de gritar, salió corriendo, abrió la puerta de la casa, tocó el timbre de la vecina y fue bajando, piso por piso, llamando a todas las puertas hasta que llegó al portal.

Y entonces se paró y dijo jadeando:
—¡Hay... un... oso... en... mi... casa!

Capítulo seis

Fernando y el oso aún no se habían movido, cuando un ruido de puertas que se abren y un murmullo de voces diferentes invadieron la escalera: los vecinos salían al rellano de sus pisos y se preguntaban qué estaba pasando.

Como nadie parecía saberlo, se asomaban al hueco de la escalera, miraban hacia arriba y hacia abajo, y llegaron a la conclusión de que pasaba algo en el piso de Fernando. Se dirigieron hacia allí, se arremolinaron junto a la puerta y empezaron a mirar hacia el interior de la casa.

La madre de Fernando subió en el ascensor y al salir volvió a gritar:

—¡Cuidado, no entréis, hay un oso en mi casa! Y mi hijo está también ahí. Fernando, Fernando, ¿estás bien? ¡Sal aquí inmediatamente! ¿Qué hace ese oso en mi casa? ¿Cómo ha entrado? ¿Es peligroso? ¿Qué has hecho, Fernando? —Era incapaz de hacer una única pregunta.

Y, después de todas esas preguntas, se desmayó ante el asombro de los vecinos, que se apresuraron a atenderla y a pedir un médico o una ambulancia.

Fernando no salía. Por fin se había acercado al oso, que ignoraba lo que había pasado.

—¿Qué hacemos? —preguntó el oso.

—La verdad es que no lo sé —respondió Fernando.

—¿Y esas voces?

—Son los vecinos, que están ahí fuera con mi madre esperando a que salgamos y asustados porque estás aquí.

Además de las voces de los vecinos, que cada vez se oían más cercanas, empezaron a sonar muy fuerte las sirenas de los coches de la policía y las ambulancias que se acercaban.

Fernando no sabía si enfrentarse de una vez por todas o arriesgarse a escapar con el oso, pero ¿adónde?

Si salía, lo más probable era que el oso volviera al zoo. A él lo considerarían una especie de delincuente-roba-osos y a lo mejor hasta tendría que pagar una gigantesca multa o incluso lo meterían en la cárcel...

En cambio, si se escapaban, ¿adónde podrían ir? Y de repente se le ocurrió un lugar: el zoo. Si volvían a esconderse en el zoológico mientras pensaba en alguna solución, quizá pudieran salvarse.

Rapidez, eso es lo que hacía falta: tomó el carro con el que había traído al oso desde el zoo, montó encima al oso en la postura de un oso de peluche, reunió todos sus ahorros, abrió la ventana de su habitación y, tras advertir al oso de los peligros que corrían si la gente los descubría y se daban cuenta de que era real, saltaron al exterior (menos mal que era un piso bajo), avanzaron entre los árboles del patio, salieron a la calle y pararon un taxi.

El taxista miró al oso, al niño, dudó..., pero al final bajó la ventanilla y dijo riéndose:

—Eso que llevas ahí no será un oso de verdad, ¿eh?

—Je, je, ¡qué va! Es un oso de peluche, pero como ocupa demasiado voy a devolverlo a la tienda. Tenemos que ir al zoológico, por favor. Mis padres me han dado el dinero para poder pagarle.

—¡Vaaale, pues entrad tú y tu oso, je, je! —contestó el taxista.

Fernando metió el carro, sentó al oso, incluso le puso el cinturón de seguridad. Él hizo lo mismo al lado del animal y, una vez estuvieron bien colocados, el taxista arrancó mientras desde la ventanilla trasera se veía cómo cada vez más personas se arremolinaban en el portal.

Capítulo siete

Fernando iba tan nervioso que temblaba; sin embargo, el oso miraba disimuladamente por la ventanilla más curioso e ilusionado que inquieto por su futuro. Y eso que al oír la palabra «zoo» había lanzado una mirada de terror a Fernando. De hecho, al llegar al zoológico el oso se empezó a inquietar. Suerte que el taxista estaba recogiendo a otros pasajeros y no se dio cuenta.

El niño y el animal esperaron a que no hubiera nadie alrededor y se escondieron entre unos arbustos.

—¿Qué hacemos aquí otra vez? —protestó el oso.

—Hay que planear algo —respondió Fernando.

—¿Qué es planear? —dijo el oso.

—Es pensar cómo solucionar los problemas —le explicó Fernando.

—¿Tenemos problemas? —preguntó el oso inocentemente.

Fernando no respondió. Miró al oso y se echó a llorar.

Naturalmente el oso, al verlo, se sentó a su lado, lo abrazó y también lloró desconsolado.

—¿Por qué lloramos? ¿Me vas a dejar otra vez con esos osos que no son mis amigos?

—No lo sé —admitió Fernando.

—¿No sabes por qué lloramos?

—Sí, lo sé.

—¿Y por qué? —volvió a insistir el oso.

—Por todo —dijo Fernando con tono malhumorado—. Mira, te lo voy a explicar otra vez: yo quiero ayudarte a salir de aquí para que vuelvas al Polo Norte con tus amigos de verdad. El problema es que soy un niño, y a los niños no nos escuchan. Y los osos son peligrosos, las personas normales no se acercan a ellos.

—Pero yo no soy peligroso —protestó el oso.

—Tú no eres un oso normal. Tú hablas.

—Solo contigo —replicó el oso.

—Sí, pero los demás no lo saben. Eres un oso polar, pequeño, pero que puede ser peligroso; eso es lo que ve la gente.

Mientras hablaban escondidos entre los arbustos, el zoo se había ido vaciando de visitantes y faltaba poco para que se hiciera de noche. Fernando y el oso se quedaron un buen rato en silencio. Al fondo, los ruidos de los animales y los graznidos de algunos pájaros eran lo único que se oía.

Cuando estuvieron seguros de que todos se habían ido, salieron de su escondite.

—He pensado que lo mejor es que te quedes aquí: en la calle estás en peligro, a mi casa ya no te puedo llevar y no se me ocurre ningún otro lugar.

—¡No, no, aquí no, por favor, por favor, no me dejes aquí, no te vayas, no me quiero separar de ti, eres mi amigo, mi

único amigo! —El oso estaba nervioso y suplicante.

Daba mucha pena verlo y escuchar sus quejas.

—Eres mi amigo y te quiero —repetía el oso—. Te lo he dicho tantas veces… Los amigos no se pueden separar, se ayudan, juegan juntos, se cuentan los secretos, se ponen muy contentos cuando se ven y, si están tristes, hacen tonterías para reírse juntos. Yo lo sé porque eso es lo que me ha pasado a mí estos días que he estado en tu casa mientras esperaba a que volvieras del colegio. Y, sin embargo, no me pasaba nunca cuando vivía aquí en el zoo. A esos osos jamás les contaría un secreto ni tampoco los haría reír. Por eso sé que

ellos NO son mis amigos. ¡Por favor, no me dejes!

Después de hablar tanto y tan seguido, el oso suspiró.

—Está bien, me quedaré contigo, pero adónde podemos ir mientras pasa la noche, ¿dónde podemos dormir? —preguntó Fernando, que cada vez estaba más angustiado.

—Muy fácil —dijo el oso—. Entramos en el zoo por un sitio que conozco cerca de la jaula de los osos. Allí hay una casita donde los cuidadores guardan los cubos, preparan la comida y esas cosas.

—¿Y qué cenamos?

—Tú puedes sacar cosas de esas máquinas que tienen bolsas de comida de colores con el dinero que llevas, y yo bus-

caré en la casita, seguro que encuentro algo. Es muy fácil.

—Muy fácil, muy fácil... Tú todo lo ves simpre muy fácil, y no es así —contestó Fernando.

—¿Tienes algún otro plan?

Fernando comprendió que el oso tenía razón. No tenía ningún plan, se había hecho de noche, seguro que todo el mundo los estaba buscando, sus padres debían de estar enfadadísimos y, además, él también quería mucho al oso, era su mejor amigo y no quería separarse de él.

A Fernando le costaba mucho hacer amigos. Era el más bajo y delgado de toda la clase; callado y tímido; no se le daban bien los deportes y no sacaba malas notas, pero tampoco era de los

más brillantes. Y para colmo, algunas veces tenía un poco de asma y respiraba mal, entonces debía sentarse en un rincón y recuperarse. Al oso nada de esto le importaba lo más mínimo, ¡eso era un amigo!

Pensó que de cualquier manera le iba a caer una buena bronca, tanto si volvía como si se quedaba toda la noche con el oso. Eso sí, antes de salir de su casa por la ventana, les había dejado una notita a sus padres para que no se preocuparan por él:

«No os preocupéis», decía la nota. Suficiente.

—¡Vamos, oso, estoy muy cansado! Antes de que esté todo oscuro, es mejor que nos metamos en la caseta.

Siguió al oso por un camino lleno de arbustos hasta que llegaron a una zona en la que las plantas eran tan abundantes que parecía imposible que se pudiera atravesar. El oso apartó ramas y hojas poniéndose de pie sobre ellas. Fernando se arañó un poco al pasar, pero consiguieron hacerlo. Sigilosamente, fueron rodeando la jaula de los osos y llegaron a una caseta casi oculta.

—Mira ahí, en una esquina de la ventanita. Siempre dejan una llave. Yo los he visto hacerlo —susurró el oso.

Fernando se puso de puntillas y pasó la mano por el alféizar de la ventana. Efectivamente, en una esquina había una llave, con ella se podía abrir la puerta de la caseta. Entraron, incluso se podía

encender la luz. Dentro había una mesa grande, dos sillas, un frigorífico lleno de carne para los osos, y cubos, palas, rastrillos...

—¡Está bien! ¡Está muy bien! —dijo Fernando muy alborotado—. Ahora voy a comprar bolsas de patatas y esas cosas. Enseguida vuelvo.

—No me moveré ni un poquito.

Y Fernando salió con mucho cuidado para buscar la máquina más cercana.

Algunos animales dormitaban, pero otros se preparaban para pasar la noche despiertos, como tenían por costumbre, y se volvían para mirar al niño con curiosidad. Había mucha actividad en el zoo. Fernando no quería llamar la atención por si acaso había vigilantes y lo descubrían y, en cuanto vio unas máquinas, sacó bolsas de patatas fritas y ganchitos y se fue rápidamente con su amigo.

Cuando se hizo de noche, Fernando decidió que era mejor apagar la luz por si acaso los descubrían. Tenía mucho miedo, por eso se acurrucó junto al oso, se abrazó a él y colocó la cabeza sobre la pata del oso, como si fuera una mullida almohada. Entonces se durmió. Y el oso también.

Amaneció, se hizo de día, y ocurrió lo que tanto temían, aquello de lo que llevaban escondiéndose todos esos días. Se oyó un grito y un portazo. Habían sido descubiertos y estaban atrapados.

Capítulo ocho

Durante toda la noche y mientras Fernando y el oso dormían en la caseta, varios grupos de personas se desperdigaban por la ciudad con un fin: encontrarlos.

A pesar de lo que Fernando creía, sus padres no estaban nada tranquilos. Pensar que su pequeño hijo se había ido de casa acompañado de un oso polar no resultaba muy tranquilizador.

Los vecinos habían puesto el grito en el cielo cuando se enteraron de que habían estado viviendo cerca de un animal tan peligroso..., aunque fuera pequeño.

La noticia de que un niño y un oso polar estaban juntos y escondidos en algún lugar de la ciudad apareció en todos los informativos de la televisión, la radio y las páginas de los periódicos, y además empezó a circular por Internet.

No debían de suceder hechos muy destacables en aquel momento, porque cada vez iban apareciendo más y más detalles del suceso. Entrevistas, opiniones, fotografías; periodistas y fotógrafos se habían situado en la calle donde vivía Fernando e incluso se montaron tertulias para hablar sobre los problemas de los osos polares en el Ártico y el calentamiento global.

Por supuesto hubo una reunión en las oficinas del zoológico para averiguar cómo había podido salir el oso de su recinto e ir a parar a un domicilio de la ciudad.

Y todo este lío se había producido desde el momento en que Fernando y el oso se escaparon y mientras dormían plácidamente.

Al llegar la mañana, uno de los cuidadores había ido a la caseta para comenzar su trabajo cuando, al abrir la puerta y encender la luz, se encontró con la insólita escena de un oso polar abrazado a un niño y ambos durmiendo en el suelo.

El grito que dio el hombre los despertó y se incorporaron de un salto, pero ya era tarde. El cuidador, que había oído algunos comentarios por la radio mientras desayunaba, comprendió que eran el oso y el niño de los que se hablaba en todas partes, cerró la puerta con la llave y se fue corriendo a buscar ayuda.

—Me parece que esta vez nos han pillado y aquí se acaba todo —balbuceó Fernando.

El oso, que era siempre tan alegre y optimista, se dio cuenta de que el niño tenía razón y de que era muy difícil seguir adelante con su plan. No podían escapar de la caseta, pronto vendría mucha gente, él volvería a su recinto y Fernando a su casa. Fin de la historia.

Apenas habían transcurrido unos minutos cuando se abrió la puerta y aparecieron muchas personas haciendo tanto ruido que el niño y el animal se quedaron inmóviles y boquiabiertos.

Algunos se lanzaron a rescatar a Fernando y tiraban de él hacia fuera; otros pretendían llevarse al oso y, en medio de ese enredo de manos y brazos, voces y algunos pelos blancos, se oyó una voz alta y clara que dejó a todos paralizados.

—¡YO NO ME MUEVO DE AQUÍ! Y si se os ocurre llevaros al oso, me agarraré a él y no me moveré. No me separaré, os lo advierto. Antes prefiero morirme de frío con los otros osos polares que irme sin él.

—Y dicho esto, Fernando se abrazó a su amigo y se quedó mirando a todos con una expresión tan convencida que se hizo el silencio.

Duró solo unos segundos, porque inmediatamente los periodistas, los fotógrafos y las cámaras de televisión se lanzaron a hacer fotos, crónicas y vídeos de lo que estaba ocurriendo. Habían pasado la noche en la puerta del zoológico esperando la llegada del director, o de alguna persona relevante, y en cuanto vieron movimiento se abalanzaron sobre el cuidador que había descubierto la caseta y lo siguieron a la carrera.

Y a estos se les sumaron otros cuidadores, jardineros, vigilantes, los alumnos de un colegio que había ido de visita, profesores y alguna familia que había entrado temprano. Y todos ellos sacaron sus móviles y empezaron a hacer fotos y a

mandarlas, de manera que, en muy poco tiempo, miles de personas en todas partes veían al oso y a Fernando e incluso escuchaban las palabras de este.

Cuando el director del zoológico apareció, se dio cuenta de que era muy importante que ese extraño incidente se resolviera de la mejor manera posible, porque todo el mundo en todas partes estaba siendo informado de lo que estaba pasando.

Acercándose a sus acompañantes, dijo con mucha precaución:

—El oso es del zoo y por lo tanto tiene que volver a su recinto, por su bien y por la seguridad de todos. No va a seguir suelto por las calles y, naturalmente, el niño no va a ser quien decida qué es

lo que se va a hacer aquí. No les queda otra que capturar al animal y llevárselo.

Fue en ese momento cuando se organizó el auténtico escándalo.

El oso, que no entendía bien lo que estaba pasando, se acercó a Fernando y le susurró:

—Dame la mano, que tengo miedo.

Fernando se agarró aún más fuerte al cuello del oso y se pegó a su cuerpo.

Los guardias se acercaron a ambos con intención de obedecer las «órdenes» del director. Pero el público intervino y se dividió entre los que decían que la escena era preciosa y se enternecían mientras insultaban al director por su falta de sensibilidad, impidiéndole acercarse al oso, y las personas que conside-

raban que el director tenía razón y había que rescatar a Fernando y encerrar de nuevo al oso.

Por su parte, los periodistas intentaban por todos los medios comentar el suceso y tomar imágenes de lo que estaba pasando para entrar en directo en los programas matinales de la radio y la televisión.

Desde fuera lo que se veía era un gran grupo de personas hablando, gritando, corriendo de un lado para otro, arremolinándose en torno a una caseta en cuya puerta un niño lloroso y un oso con expresión asustada se abrazaban.

Y para que no faltara nada ni nadie, ¡llegaron los padres de Fernando!

—¡Hijo de mi vida! Fernando, Fernando, hijo mío, ¿dónde estás? ¿Te ha hecho

algo ese oso? Pero hijo, ¿cómo se te ocurre llevarte un oso del zoo y meterlo en casa? ¡Ay, mi hijo, que se lo va a comer un oso! —decía a toda velocidad.

Cuando la gente comprendió que aquellas personas eran los padres, se fueron apartando a los lados y haciendo como un pasillo de exclamaciones para dejarlos pasar.

—Mamá, papá, no pienso salir de aquí; no voy a dejar que nadie se lleve al oso y quiero que todos me ayudéis a devolverlo al Polo Norte. Eso es todo lo que tengo que decir. ¡NO ME MUEVO DE AQUÍ! Solo me moveré si es para llevar al oso con sus amigos; si va a otro sitio, me ataré a él si hace falta, no me separaré, os pongáis como os pongáis —exclamó

Fernando con tanta seguridad que parecía como si hubiera crecido y se hubiera hecho mayor de repente.

—¡Pero, hijo, si ya no hay casi hielo en el Polo Norte, que lo he visto en los documentales, y los osos polares no tienen nada para comer y lo pasan muy mal! ¿Para qué quieres llevar al oso allí? ¿No te das cuenta de que aquí va a estar mejor? —sugirió su padre con toda la paciencia que le caracterizaba.

—Sí, ya lo sé, pero el oso quiere volver con sus amigos y yo lo voy a ayudar.

—¿Y cómo, eh, cómo? —dijo su padre.

Fernando se sentía acorralado. No tenía ni idea de cómo iba a ayudar al oso a volver al Polo Norte. No quería reconocerlo, y menos en aquel momento.

—¿Y cómo, eh, cómo? —repitió su madre, que nunca perdía la ocasión de hacer preguntas.

—Pueees, pueees... CON LA AYUDA DE TODOS —exclamó.

No estaba seguro de lo que había dicho, no lo había pensado bien, pero ahí estaban sus palabras, dichas en voz alta delante de todo el mundo, que repentinamente se había quedado en silencio, para que se le oyera bien.

Uno de los periodistas, que había seguido atentamente la conversación, se interesó por lo que había dicho Fernando y lo repitió ante la cámara, que no paraba de grabar la escena:

—*El niño Fernando ha pedido la ayuda de todos para que el oso pueda ser*

reenviado al Polo Norte. En estos momentos de calentamiento global, cuando los osos polares están más amenazados que nunca, este niño es un ejemplo de lo que sienten las nuevas generaciones, de sus preocupaciones y de su grado de implicación que las lleva incluso a sortear grandes peligros.

Otros se hicieron eco de lo que estaba diciendo el periodista y corrieron hacia sus vehículos o unidades móviles: el panorama comenzaba a cambiar.

El primero que ofreció ayuda fue el director del zoo.

—El oso y el niño podrán permanecer aquí, si sus padres lo autorizan, claro está. Habilitaremos un recinto especial y una habitación para que estén juntos,

sin que el niño corra peligro —dijo absolutamente convencido, mirando a una cámara que le estaba grabando en aquel mismo momento.

Un canal de televisión quería realizar un documental espectacular titulado «El largo viaje de Fernando y el oso polar». Ganaría todos los premios habidos y por haber. Seguro.

Mientras hablaban, negociaban y planeaban, los padres de Fernando no lo tenían tan seguro y querían que su hijo regresara a casa. El niño se negó de nuevo y lo hizo con todo el convencimiento y los gestos necesarios: lloró, rogó, se enfadó, volvió a llorar, se abrazó al oso, prometió que no le iba a pasar nada, incluso levantó la voz para seguir repitiendo que nunca nadie lo separaría del oso hasta que consiguiera llevarlo al Polo Norte. Por fin se dieron por vencidos. La madre se preguntó de veinte maneras diferentes cómo podía ser que su hijo prefiriera estar junto a un animal salvaje en vez de estar en casa con sus padres y jugando a la Play.

Finalmente Fernando, el oso y dos empleados del zoo se dirigieron al lugar que les había reservado el director. Fernando ocupaba una habitación con pocos muebles y una pared que era un ventanal desde el que se podía observar el recinto donde habían metido al oso.

Cuando se fueron los adultos, los empleados, el director, sus padres, los curiosos, los periodistas y los fotógrafos que

los habían seguido, Fernando miró al oso a través del cristal y le pareció que esta no era la manera de continuar su historia. En cuanto le dejaron solo, empezó a pensar en la forma de entrar en la habitación de su amigo.

El oso se incorporó y apoyó sus patas delanteras en el cristal. Fernando, desde el otro lado, también apoyó sus manos. Estaban tristes. Pasaron así todo el día.

Y llegó la noche. Fernando fingió que estaba agotado para que le dejaran en paz y, en cuanto se quedó totalmente solo, golpeó el cristal para avisar al oso.

—¿Quieres dormir conmigo? —dijo marcando mucho las palabras para que el oso le entendiera.

Pero el oso no lo comprendía.

—Espera, no te preocupes, voy a buscarte —añadió gesticulando y señalando la puerta por donde iba a salir.

El oso sonrió por primera vez en todo el día y aplaudió feliz. Esta vez sí que lo había entendido.

Capítulo nueve

Lo que sucedió en las semanas siguientes se podría resumir en el hecho de que el sueño de Fernando y el oso se cumplió por fin.

Todos comprendieron que la tozudez de ambos y el cariño que se tenían vencerían cualquier obstáculo. Por primera vez en su vida, Fernando se sintió alto, fuerte, atrevido y guapo. Y dejó de sentirse raro y solo. Por primera vez los adultos le tomaron en serio y escucharon sus palabras. Y fueron tantas personas las que conocieron su historia y empezaron a apoyarle que Fernando estuvo convencido de que iban a ganar.

Y ganaron.

Se hizo una colecta para pagar el viaje del oso a su casa en compañía de Fernando. Su historia sirvió para volver a alertar sobre los peligros del deshielo en el Ártico y las dificultades de los osos polares, y lo que suponía para ellos la falta de hielo.

El oso no conocía ninguno de esos asuntos y Fernando sabía muy poco, pero lo cierto es que ya nadie intentaba separarlos y les habían prometido que harían el gran viaje juntos.

—¡Qué bien se come aquí! —exclamó el oso un día en el que estaba especialmente alegre—. Creo que debería guardar algo para llevarlo de regalo a los otros osos.

—Entonces, ¿has cambiado de opinión?

—¿Qué es opinión? —preguntó el oso.

—Quiero decir que, como se come tan bien, a lo mejor ya no te quieres ir porque aquí en el zoo puedes estar seguro y nunca te va a faltar la comida.

—También hay mucha comida en mi casa —protestó el oso.

—Sí, pero no es fácil conseguirla. Yo he visto bastantes documentales de osos polares...

—¿Y entonces has visto a mi amigo Siku? —preguntó el oso—. Es como yo.

—No puedo distinguir un oso de otro en un documental.

—¿Y a uno muy grande llamado Pujoq?

—Que no, oso, que no, que aún quedan osos en distintas partes del Ártico. ¡Yo qué sé cómo se llaman, si ni siquiera sé cómo te llamas tú y llevamos un montón de tiempo juntos.

—No lo sabes porque nunca me lo has preguntado.

—Vale, ¿cómo te llamas?

—Nanoq.

—¿Nanoq?

—Sí, en realidad todos somos *nanoq*, pero yo me llamo así.

—¿Todos los osos polares de Groenlandia se llaman Nanoq?

—Sí, igual que todas las personas que son de tu tamaño se llaman *niños*.

—Ah, ya entiendo: *nanoq* significa 'oso polar', y tú eres un oso polar que se llama Oso Polar. Ja, ja, ja, es como si yo, que soy un niño, en lugar de llamarme Fernando me llamara Niño.

Fernando empezó a reírse.

El oso no entendió de qué se reía, pero no desaprovechó la ocasión y también se rio. Hacía tiempo que no se reían como al principio, y acabaron tirados por el suelo y dando patadas al aire.

Mientras ellos seguían con su vida en el zoológico, los mayores preparaban el viaje a Groenlandia que devolvería al oso a su casa. Fernando no sabía nada de Groenlandia, pero tampoco le importaba demasiado. El director del zoo había mencionado Groenlandia, y eso mismo es lo que repitieron todos en los periódicos, las televisiones, las radios, Internet y cada uno en su casa.

Los padres de Fernando dejaron de preocuparse de su hijo y se convencieron de que el oso no se lo iba a comer. Entonces empezaron a ocuparse de sus compromisos en los programas que solicitaban su presencia para hablar de cómo se puede convivir en una casa con un oso polar y no darse cuenta.

—La verdad es que deberíamos haber sospechado del olor a pelo, no sé cómo decirlo..., un olor muy especial que no se quitaba ni aunque abriera las ventanas todas las mañanas —comentaba la madre, pensativa.

—La verdad es que, como los dos trabajamos, no pasamos mucho tiempo en casa. Fernando ya sabía que al volver del colegio tenía que estar solo hasta que regresáramos... —respondía el padre muy serio.

—La merienda, los deberes, un ratito de tele, eso suponíamos que hacía por las tardes. Y como por la mañana salimos tan deprisa los tres..., no sé, casi no paramos, y el domingo, que es el único día que pasamos en casa, Fernando se

empeñaba en ordenar su habitación y, claro, nosotros encantados —recordaba la madre.

—Por lo que decís, ¿Fernando estaba casi todo el tiempo solo? —preguntaba el presentador.

—Pues sí. Como casi todos los niños, ¿no cree?

Algunas preguntas se quedaban sin respuesta.

Capítulo diez

Y llegó el día.

No se podía saber quién estaba más nervioso y feliz: el oso seguía empeñado en llevar carne para regalar a sus amigos y no había manera de convencerlo de que se estropearía y de que no hacía falta. Agarró un buen trozo y ni siquiera Fernando se la pudo quitar. Fernando estaba muy contento por el oso, aunque a él le daba un poco de miedo el viaje y también sabía que, cuando llegaran al lugar, tendrían que separarse.

La preparación del viaje había sido difícil, pero a ellos no les había preocupado en absoluto. Solo cuando supieron que debían tomar varios aviones, Fernando comenzó a darse cuenta de lo lejos que iban. Lo más difícil fue convencer al oso de que no podría viajar en cabina con los pasajeros y de que Fernando no podría viajar en la parte donde iban los animales.

—Oso, Nanoq, como sea, para poder volver con tus amigos tú también vas a tener que hacer algunos esfuerzos —intentó mediar Fernando.

—Pero si yo ya hago algunos esfuerzos: he guardado un trozo de carne bien grande para poder llevársela a mis amigos —respondió el oso.

—No me refería a esos esfuerzos. Quiero decir que, si te dicen que no po-

demos ir sentados juntos, debes acordarte de cuando estabas en mi casa y no te podía ver nadie. Algo así...

—¿Pero... aunque me conozca todo el mundo?

—Sí, aunque te conozca mucha gente, ellos ven a un oso y no se acaban de fiar —respondió Fernando, que tenía la sensación de que se había hecho mayor en aquellos días.

—Bueno, haré lo que tú me digas.

A Fernando también le daba pena pensar en el oso viajando en un avión y asustado, por eso intentó prepararlo de todas las maneras posibles. Le contaba todo lo que sabía y lo que le iban diciendo. Le explicó que iban a viajar volando, que los mayores los acompañarían y los

ayudarían, y que seguro que encontraban a alguno de sus amigos. Lo más difícil fue que el oso entendiera que se podía volar en un avión; al final, solo la confianza del animal en lo que le decía el niño fue lo que lo convenció de subir al avión.

Tuvieron que tomar diferentes vuelos, y cada vez que llegaban a un aeropuerto se reunían para comentar cómo les había ido. La primera vez el oso estaba aterrorizado, después consiguió dormirse en otro de los vuelos, y hasta le acabó por gustar la experiencia.

Hasta que llegaron a un lugar con un nombre lleno de vocales imposible de recordar. Allí había una especie de hoteles de madera donde se metieron todos, salvo el oso, que se sentía mucho más a

gusto sin calefacción. Periodistas, cámaras, la madre de Fernando, el director del zoo y un buen número de personas que iban de un lado a otro la mayor parte del tiempo molestando.

En el pueblo vivían algunos inuits o esquimales, como decía Fernando, y otros niños que llevaban ropas de colores muy abrigadas. Tuvieron que convencer a todos de que el oso no era peligroso y de que querían llevarlo junto a los demás osos. Costó trabajo hacerlo.

El oso miraba a un lado y a otro, a un lado y a otro. Fernando hacía lo mismo, abrazado a su cuello. Quizá fue esa actitud la que los convenció: un niño abrazado a un oso polar no era algo que se viese todos los días.

—Pues no te creas que estoy muy contento —dijo el oso.

—¡Con todo lo que hemos liado! —respondió Fernando un poco enfadado.

—Yo me lo imaginaba de otra manera. Tú y yo avanzando por la nieve, solos. Hasta que encontráramos a mis amigos. Después te los presentaría y también veríamos morsas y otros animales... Pero siempre hay personas y cámaras, no me entero de las cosas, no sé lo que pasa ni lo que va a pasar. Ni siquiera estoy seguro de que esta sea mi casa.

—Tengo que decirte una cosa muy importante, oso.

—¿Nos vamos? —aplaudió el oso.

—No, no es eso. ¿Tú sabes que yo no me voy a quedar aquí contigo? ¿Que en cuanto encontremos un lugar con otros osos polares me tendré que volver a mi casa y nos separaremos para siempre?

—¿Pero es que no quieres quedarte conmigo? —dijo el oso, empezando a lagrimear.

—No es eso. Es que un niño como yo no se puede quedar aquí a vivir con un oso polar. Además te tienes que hacer grande, estar con los de tu especie, aprender a cazar..., y mejor que no hables con ellos como lo haces conmigo porque les va a parecer muy raro y, no sé, hasta te pueden morder.

—No entiendo nada... —sollozaba el oso desesperado.

—Nunca, jamás en toda mi vida me olvidaré de ti. Y en cuanto sea un poco mayor, vendré a visitarte. Te buscaré y me contarás lo que has hecho en ese año, y yo te contaré las cosas del cole, como cuando estabas en mi casa. Eso sí, vendré en primavera para que tú hayas salido de tu cueva y ya no tengas sueño. Y cuando sea aún más mayor, hasta es posible que venga a vivir aquí, a este pueblo, para que volvamos a estar cerca el uno del otro. Pero ahora soy muy pequeño y no me puedo quedar aquí.

El pueblo estaba en silencio. La nieve y el hielo hacían que el ambiente fuera aún más silencioso. Todos estaban dentro del hotel o de las casas; solamente ellos se habían refugiado en una especie de cobertizo y Fernando, resguardado entre el pelaje del oso, le hablaba sin mirarlo.

El oso lloraba muy delicadamente, aunque sus lágrimas resbalaban por encima del gorro de Fernando y se convertían en hielo al caer al suelo.

—Si lo llego a saber... —balbuceó el oso.

—¿Te habrías quedado en el zoo con los otros?

—No, eso nunca. Me caían mal.

—¿Y en mi casa?

—Me hubiera gustado; sin embargo, tenía demasiado calor y, ejem, pasaba hambre. Y estaba tanto tiempo sin poder moverme..., y sin nadar..., y sin mis paseos... Además, yo creía que si venías conmigo te quedarías aquí para siempre.

—Pero yo soy un niño.

—Aquí viven otros niños —respondió el oso.

—Sí, pero ellos están acostumbrados a este frío, y viven con sus familias, van a sus colegios, hablan esa lengua tan rara. Lo mejor es que nos separemos. No podemos hacer otra cosa. Pero nunca te abandonaré. Te lo prometo.

Se abrazaron durante mucho rato, tanto que, hasta que no oyeron las voces de los mayores que los estaban buscando, no se separaron. Fernando entró cabizbajo y lloroso en el hotel. El oso se quedó en el cobertizo y también lloró como lloran los osos.

Hubo algunos días muy nublados, nevó, y era difícil ver lo que pasaba a lo lejos. Durante ese período todos permanecieron en el pueblo. Hasta que el tiempo mejoró y una mañana los inuits avisaron de que era el mejor momento para ir a buscar a los osos polares hasta la zona donde vivían.

Subieron en sus trineos tirados por perros y comenzaron el último viaje. Durante muchas horas avanzaron por los paisajes blancos sin ver a nadie. El oso a veces subía junto al trineo donde iba Fernando, otras veces corría a su lado y, cuando hacían alguna parada, ambos se separaban del grupo y hablaban. Sabían que les quedaba poco tiempo para conversar y había que aprovecharlo.

Cuando pararon, se refugiaron en una tienda muy grande para dormir. El oso se quedó fuera, como los perros; sin embargo, se pegó al lado de donde dormía Fernando, y el niño, desde dentro

de la tienda, podía sentir el cuerpo de su amigo.

El camino fue largo, hasta que los inuits vieron a lo lejos la silueta de un oso polar. Habían llegado.

Capítulo once

Los inuits, Fernando y el oso se quedaron parados. El aliento de los perros formaba nubes que salían de sus bocas jadeantes. ¡Qué silencio alrededor!

Más al fondo apareció otra figura de oso más pequeña. Quizá se trataba de una madre osa con su cachorro.

Fernando nunca antes había visto a su oso tan inquieto, se notaba que estaba intentando reconocer las siluetas y los olores de aquellos dos osos que se veían a lo lejos.

—¿Reconoces algo, algún olor? —preguntó Fernando deseando, en el fondo de su corazón, que la respuesta no fuera afirmativa porque eso significaría la separación de ambos.

—Se parece muchísimo a mi amigo Siku —dijo el oso—. Está más grande, pero yo también lo estoy, así que hemos crecido los dos.

—¿Quieres que nos acerquemos para comprobarlo?

—Yo sí quiero, pero quizá vosotros no debáis hacerlo. Se pueden asustar y marcharse lejos, o incluso se pueden enfadar con vosotros. La madre de Siku tenía muy mal genio. Me acuerdo de un día en que fuimos a romper hielo para mirar a las focas y...

El oso se iba separando de Fernando para mirar más de cerca las figuras de

los osos, cuando el más pequeño empezó a acercarse.

—¡Es Siku, es Siku! Seguro que es mi
amigo. ¡Fernando, mira, Fernando, ese es
Siku! —gritaba muy agitado el oso.

Fernando no se movió. El oso iba y venía sin saber muy bien qué hacer. Lo que
estaba claro es que era tremendamente

feliz en ese momento. Era como si se estuviera comportando cada vez más como un oso polar y se alejara de lo que había sido el tiempo que había pasado con Fernando y entre las personas.

De repente, como si adivinara el pensamiento del niño, el oso se volvió hacia Fernando y le abrazó con el mismo abrazo de siempre, lleno de pelo algo húmedo y de su característico olor.

En los ojos de Fernando había muchas lágrimas luchando por salir; a pesar de ello, no quería que lo hicieran porque, en realidad, deseaba estar contento. Al fin y al cabo, ambos habían peleado mucho por que llegara el momento de la separación.

—Lo hemos conseguido, oso, ¿qué te parece?

—Me parece que me encantaría que tú también fueras un oso polar para que te quedaras aquí siempre, buscáramos una buena cueva para invernar, viajáramos juntos, en fin, esas cosas que hacemos los osos polares cuando vivimos en la nieve.

—Y a mí que fueras un niño como yo, vinieras a mi cole, viviéramos en el mismo barrio y fuéramos a la misma piscina a nadar —respondió Fernando.

—¿Y ahora qué hacemos? ¿No crees que, si te pusieras siempre un superanorak y los guantes y las botas y la bufanda y el gorro, podrías vivir aquí?

—Ya te lo expliqué: tengo a mis padres, me gusta vivir en mi ciudad, y el verano, y tener una vida de niño, no de oso.

—¿De verdad vendrás a visitarme todos los años?

—Lo intentaré con todas mis fuerzas.
Ya has visto lo que hemos conseguido.
Quizá a los señores de la tele les gustaría hacer muchos documentales y podría
venir a verte. Hasta que me haga mayor
y trabaje, y entonces a lo mejor hasta me
quedo contigo. No sé. Pero siempre se-
rás mi amigo y no te olvidaré.

—Yo tampoco te olvidaré. Voy a hacer
como que te quedas aquí y hablaré contigo, aunque seas invisible, para que no
se me olvide. Y comeré helados de hielo
como cuando te vi en el zoo la primera
vez. En invierno me dormiré y así el tiempo pasará más deprisa; y cuando vuelvan
la primavera y el deshielo, sabré que ya

falta poco para que regreses y empeza-
ré a esperarte. Te buscaré justo por aquí.
No lo olvides. Cuando llegue la primavera
ven, ponte la colonia de siempre, ya sabes que los osos tenemos muy buen ol-
fato, así seguiré tu rastro y te encontraré.

—Es un plan estupendo, oso, parece
como si te estuvieras haciendo mayor
rápidamente, ya sabes hasta hacer planes.

—¿Y también me ves más guapo y más
grande? —preguntó muy seriamente.

—Por supuesto: eres el oso más guapo
y más elegante de toda Groenlandia.

Y entonces se echaron a reír por última vez.

Se revolcaron en la nieve por última
vez.

Se abrazaron muy fuerte por última vez, y se separaron.

Ya solo faltaban doce meses para volver a encontrarse.

Autora e ilustradora:

Carmen García Iglesias nació en Bilbao, España, en 1957. Se licenció en Historia del Arte y estudió dibujo publicitario en la Escuela de Artes Aplicadas y Oficios Artísticos de Madrid. Desde siempre se ha dedicado a escribir y a dibujar, y en 2005 le fue concedido el prestigioso premio Apel.les Mestres por *Witika, hija de los leones.* Durante seis años realizó el suplemento infantil «El club de Alfredo», en el dominical *El Semanal.* También ha colaborado con secciones en otros medios de comunicación como *El Mundo, El País, Canal Digital...* Ha escrito e ilustrado numerosos libros de literatura infantil y álbumes ilustrados. Sus libros han sido publicados en varios países, entre ellos Estados Unidos.

¡Piratincho, a la defensa!

GABRIELA KESELMAN

Ilustraciones de Esther Burgueño

La fábula de los ratones mensajeros

XAN LÓPEZ DOMÍNGUEZ

El columpio de *Madame* Brochet

BEATRIZ OSÉS

Ilustraciones de Emilio Urberuaga